# 101 BUENAS RAZONES PARA LEER

# 101 BUENAS RAZONES PARA LEER

Ilustraciones de Guilleaume Long
Prefacio de Beatrice Masini

Título original: 101 bonnes raisons de se réjouir de lire

1.ª edición: marzo 2012

© Editions La Joie de lire S.A, 2009
5 chemin Neuf, CH - 1207 Genève
© De la traducción: Ana Garralón, 2012
© Grupo Anaya, S.A., Madrid, 2012
Juan Ignacio Luca de Tena, 15. 28027 Madrid
www.anayainfantilyjuvenil.com
e-mail: anayainfantilyjuvenil@anaya.es

ISBN: 978-84-678-2883-2
Depósito legal: M-6000-2012
Impreso en España - Printed in Spain

Las normas ortográficas seguidas son las establecidas por la
Real Academia Española en la nueva Ortografía de la lengua española,
publicada en el año 2010.

*Gracias a los niños que han compartido
con nosotros sus buenas razones
por las que aman la lectura.*

Un libro está hecho de papel y de tinta.
Ah, sí, y de pegamento...

Pero eso no es todo.
Está hecho de muchas otras cosas.
Un libro puede ser algo completamente distinto.
Un río que te lleva,
una nube en movimiento en la que viajar,
una ventana a otros mundos.

9

En un libro te puedes perder,
puedes mirarte como en un espejo,
te puedes reconocer.
Hay libros que olvidamos enseguida,
y libros que siempre llevaremos
con nosotros a alguna parte.
Cada libro es un comienzo,
diferente para cada lector.
A mí me gusta, y a ti no te gusta.
Para mí es perfecto, para ti inútil.
Y está bien así.
Porque los lectores son diferentes.
Cada libro busca su lector,
y cada lector busca su libro.
Un lector que se aburre, un lector indeciso o
decepcionado,
es un lector que todavía no ha encontrado el libro
que le conviene.

Pero ese libro está en alguna parte.
Esperando a su lector.
Y cuando el libro y el lector se encuentran,
es genial.
A veces los libros necesitan a algunas personas
para llegar a las manos de sus verdaderos lectores,
personas como mamá, papá,
los abuelos, los hermanos y las hermanas,
los maestros, los bibliotecarios, los amigos...
Hay que ayudar a los libros,
porque no tienen pies para salir a pasear.
En cambio tienen alas,
y te las prestan
mientras tú lees,
tanto tiempo como desees.
Hay muchas buenas razones para leer:
porque es fascinante,
porque te remueve,
porque te lleva lejos,
porque...
Y otra, y otra...
Por lo menos 101.
Aquí están.

11

**1** Puedes leer cuentos a tus padres,

**2** a tu hermano pequeño,

13

$3$ a tus abuelos...

$4$ y en el futuro, a tus propios hijos.

14

**5** Cuando estás solo, puedes contarte
historias... y sentirte menos solo.

**6** Puedes experimentar todo tipo de emociones: reír,

**7** llorar,

**8** emocionarte,

**9** tranquilizarte.

# 10 Puedes leer historias
que te harán temblar de miedo...

# 11 y después contárselas a los demás.

**12** Se pueden leer un montón de cosas: libros,

**13** periódicos,

**14** diccionarios,

# 15 revistas,

# 16 incluso etiquetas

# 17 o carteles.

# 18 Además, puedes aprender a conducir. Bueno, quizá dentro de unos años.

# 19 Nunca te aburres.

**20** Puedes viajar desde tu sofá por lugares reales...

**21** y por otros que solamente existen en los libros.

**22** Eso te da un montón de ideas para inventar tus propias historias.

había una vez una...

**23** Después, añades unos dibujos y…
ya tienes tu propio libro.

¡Ja, ja, ja! ¿qué será? ?

**24** Puedes leer historias de princesas,

**25** de caballeros,

**26** de dragones,

**27** de hadas

**28** o de brujas.

23

**29** Las historias sobre el viento o las nubes también existen, pero son más raras.

**30** Puedes saber cómo es realmente la luna.

**31** Puedes entrar
en un libro
y convertirte
en un héroe,

**32** y refugiarte en él
cuando te regañan.

## 33 Un libro nos puede ayudar a dormir.

## 34 Y a dormir a los demás.

**35** Puedes leer muchas veces el mismo libro, y cada vez será diferente.

**36** Puedes leer como papá y mamá.

**37** Puedes leer el periódico
y saber lo que pasa en el mundo,

**38** o al lado de tu casa, que eso nunca viene mal.

**39** Te pones muy contento
cuando ya puedes leer
las invitaciones de cumpleaños,

**40** las postales de los amigos

**41** y las pistas para
encontrar un
tesoro.

**42** A tus padres les encanta que sepas leer.

**43** Bueno, no siempre...

**44** Puedes leer el periódico
y enterarte de quién ha nacido,

**45** o quién ha
muerto.

ETERNO

# 46 Puedes leer la lista de la compra y elegir el mejor producto.

# 47 Puedes leer las etiquetas en las tiendas.

# 48 Puedes aprender
un montón de cosas útiles...

# 49 y también inútiles. ¡El saber no ocupa lugar!

CONCURSO DE TOMATES

Nº52

33

**50** Puedes ayudar a papá a orientarse con el mapa, porque él siempre se pierde,

BÚSCATELAVIDA

MÁS LEJOS

POR ALLÍ

HACIA AHÍ

ESTÁS AQUÍ

ALLÍ

**51** o puedes arreglártelas tú solo leyendo las señales.

34

## 52 Cuando sabes leer,
puedes aprender otros idiomas,

## 53 el secreto
de las fórmulas
matemáticas,

**54** lo que comen los koalas,

**55** dónde se encuentran Zanzíbar, Tombuctú y la Cochinchina.

36

56 Puedes descubrir nuevas ideas
y ponerlas en práctica.

**57** Puedes leer partituras e interpretarlas.
Así puedes amenizar a los demás, o no.

**58** Leer te da ideas para jugar.

**59** Puedes dormirte en los brazos del Príncipe Azul, aunque sepas que no es real.

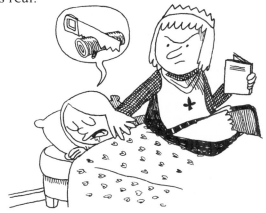

**60** Puedes leer historias divertidas.

# 61 Y después contarlas (pero ten cuidado de no destripar el final).

## 62 Puedes aprender palabras nuevas, más bonitas, y más graciosas.

## 63 Puedes ayudar a la maestra a entender lo que está escrito en la pizarra.

# 64
Puedes leer los carteles en los museos.
Eso te evita tener que escuchar a los guías,
que hablan demasiado.

# 65
Puedes convertirte en veterinario,
porque podrás leer las etiquetas
de los botes de medicamentos.

42

# 66 Puedes alcanzar el tren a tiempo.

# 67 Puedes coger el autobús
que te lleva a casa.

# 68 Lo puedes saber todo sobre las jirafas,

# 69 los dinosaurios,

# 70 los caballos,

# 71 las serpientes.

**72** Puedes ir al cine tú solo y elegir lo que quieres ver.

**73** Puedes entender lo que aparece en la pantalla del ordenador.

# 74 Puedes hacer la receta del pastel de manzana sin equivocarte.

# 75 Y saber de qué es la mermelada que está en el tarro.

# 76 Puedes leer la carta en el restaurante tú solo y pedir el helado más grande.

## 77 También puedes saber lo que vas a comer leyendo lo que pone en la carta...

Eso te puede ahorrar disgustos.

# 78 Puedes saber lo que mides,

# 79 tu talla de ropa,

# 80 y el número que calzas.

# 81 Leer te ayuda a no equivocarte de puerta.

VESTUARIO
DE CHICAS

**82** Podrías aprender un montón de cosas,

**83** y olvidarlas después.
De todas maneras ¡están escritas en los libros!

**84** Puedes conocer las reglas del juego (y así hacer mejores trampas).

**85** Puedes leer las instrucciones de los juguetes (aunque sea más divertido descubrirlas solo).

# 86 Puedes conocer el nombre de los planetas,

# 87 el de los países,

# 88 ¡y también sus banderas!

# 89 Puedes leer los títulos de los libros.

# 90 Y a veces, lo que hay dentro de ellos.

54

# 91 Puedes leer sin ayuda de las imágenes.

(DECORADO)

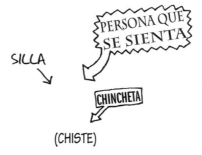

SILLA

PERSONA QUE SE SIENTA

CHINCHETA

(CHISTE)

**92** Cuando te aburres en el coche puedes divertirte leyendo un libro. Pero ten cuidado, ¡te puedes marear!

**93** Es útil para saber lo que está escrito en los diplomas.

56

**94** Puedes aprender bromas en un libro y gastárselas a esa vecina que grita todo el tiempo.

**95** Seguro que papá y mamá van a sentirse muy aliviados cuando puedas buscar tú solo las respuestas a todas tus preguntas en una enciclopedia.

¿Por qué?

**96** Puedes leer en cualquier parte: en las rodillas de mamá,

**97** en la cama,

**98** en la playa,

58

# 99 en una hamaca,

# 100 en la bañera...

# 101 Pero en tu cuarto ¡es todavía mejor!